GRAND JUBILÉ DE LYON

PÈLERINAGE

DE

SAINT-ÉTIENNE

et des cantons de :

SAINT-CHAMOND, RIVE-DE-GIER, LE CHAMBON

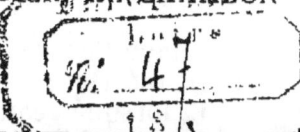
A

N.-D. DE FOURVIÈRE

ET A

LA PRIMATIALE DE SAINT-JEAN

24 Juin 1886

PÈLERINAGE

DE SAINT-ÉTIENNE

A N.-D. DE FOURVIÈRE

et à la Primatiale de Saint-Jean

24 JUIN 1886

Parmi les nombreuses prérogatives dont les Souverains Pontifes ont enrichi l'église primatiale de Lyon, il n'en est certainement pas de plus auguste, de plus précieuse et de plus sainte que son grand Jubilé. Il a lieu quand la Fête-Dieu concourt avec la Saint Jean-Baptiste. Il est connu à Lyon par ces quatre vers :

> Quand Georges Dieu crucifiera,
> Quand Marc le ressuscitera,
> Et lorsque Jean le portera,
> Grand Jubilé dans Lyon sera.

Le Jubilé de l'église de Lyon est donc un Jubilé périodique accordé à perpétuité par le Saint-Siège « à la grande église de Saint-Jean de Lyon, pour toutes et quantes fois il advient concurrence de la Très-Sacrée Fête du précieux corps de N. S. Sauveur et Rédempteur J.-C. avec la solennelle Fête de la Nativité de son glorieux Précurseur Monsieur Saint Jean-Baptiste, comme adviendra cette présente année » (1).

Cette concurrence, qui ne se produit qu'une fois par siècle, a amené quatre fois déjà la célébration du grand Jubilé de Lyon :

1° En 1451, sous le cardinal Charles de Bourbon ; 2° en 1546, sous le cardinal de Ferrare ; 3° en 1666, sous Mgr Camille de Neuville ; 4° en 1734, sous Mgr Charles-François de Châteauneuf de Rochebonne.

Ce Jubilé est une participation du Jubilé universel de l'Année Sainte et se gagne aux mêmes conditions, savoir : *la Confession, la Communion et la Visite à l'église privilégiée.*

Il dure trois jours. Il commence le mercredi 23 juin à midi, et finit, à midi, le 26.

Pendant ces trois jours et ces trois nuits, les foules se succédaient sans interruption dans la Primatiale.

Tous nos historiens nous ont parlé de cette grande Indulgence et des concours extraordinaires d'étrangers qu'elle amenait à Lyon. De Rubys nous dépeint ainsi le Jubilé de 1546 dans son *Histoire de Lyon :*

« L'année 1546 la Fête-Dieu s'étant rencontrée le jour de la Saint-Jean, le 24 jour de juin fut le grand Jubilé de Saint-Jean de Lyon, où se gagnoient les mêmes Indulgences plénières que l'on

(1) Mandement d'Hippolyte d'Este, dit le cardinal de Ferrare.

gagne allant à Rome l'*Anno Sancto* pour gaigner ce grand Jubilé. On vit à Lyon une telle affluence de peuple de tous les quartiers de France, des pays de Lorraine, Savoye, Bresse et autres divers endroicts, que l'on ne se pouvoit *tourner par les rues.* »

Les mémoires du temps constatent que l'affluence des Pèlerins ne fut pas moindre aux Jubilés de 1666 et de 1734.

Les populations, si chrétiennes de tout temps, de Saint-Etienne et de la région ont dû donner un contingent aussi nombreux qu'édifiant de Pèlerins au milieu de ces fidèles accourus de tous les pays aux quatre premiers Jubilés de Lyon.

L'année 1886 ramène pour la cinquième fois le grand Pardon de Saint-Jean.

Allons avec joie continuer les traditions de nos aïeux, et témoigner dans notre glorieuse Primatiale que la vieille foi de nos pères reste profonde et ardente dans le cœur des enfants.

N'est-ce pas aussi une solennelle occasion offerte aux âmes vraiment chrétiennes d'affirmer leur foi et leur amour pour la Sainte-Eucharistie ? Le Jubilé de Lyon est vraiment le Jubilé en l'honneur du Très Saint-Sacrement de l'autel. Son retour arrive comme une joie, une force et une espérance au milieu des sanctuaires violés, des églises pillées, des hosties profanées et de tant d'autres tristesses.

La terre des martyrs tressaillera d'allégresse sous les pas des peuples croyants et des courageux témoins de Jésus-Christ.

PROGRAMME

Du Pèlerinage de Saint-Etienne

1° Les Pèlerins se rendront à la gare, soit pour l'aller, soit pour le retour, exactement à l'heure indiquée sur les billets pour chaque train.

2° A l'arrivée à Lyon, les Pèlerins de chaque train se rendront sur la place Saint-Jean, devant la Primatiale, pour monter immédiatement à Fourvière, en récitant à voix basse le chapelet.

Ceux qui seraient fatigués pourraient se servir du chemin de fer dit : *de la Ficelle.*

3° A 7 heures 1/2 précises, réception du Pèlerinage à Fourvière par M. le Vicaire Général Richoud, archidiacre de Saint-Etienne, délégué de Son Eminence. — La sainte Messe. — Communion générale. — Messe d'actions de grâces. — Bénédiction du Très-Saint Sacrement. — Consécration à la Sainte-Vierge de Saint-Etienne et de toutes les paroisses représentées au Pèlerinage.

On se rend ensuite à la chapelle privilégiée pour gagner l'indulgence plénière de Notre-Dame de Fourvière.

4° A 4 heures très précises du soir, Pèlerinage

de Saint-Etienne et de la région à la Primatiale de Saint-Jean.

Ce Pèlerinage étant exceptionnel par son importance et par le nombre, tout autre Pèlerinage cessera alors et l'église entière sera abandonnée à nos milliers de Pèlerins.

Hommage de Saint-Etienne au Très Saint-Sacrement. — Sermon de l'Indulgence, par le R. P. Tissot, d'Annecy. — Prières pour gagner le Jubilé. — Salut et Bénédiction du Très Saint-Sacrement donnée par M. le Vicaire Général, archidiacre de Saint-Etienne. — Bénédiction solennelle des médailles, images jubilaires et autres objets de piété que les Pèlerins se seront procurés comme souvenir du Jubilé. — Dernier chant des Pèlerins.

II

ORDRE DES CÉRÉMONIES GÉNÉRALES

à la Primatiale

Le Jeudi.

1° A 10 heures, Messe pontificale célébrée par un de NN. SS. les Evêques présents aux Fêtes jubilaires. — La maîtrise chantera la Messe canonique de Palestrina.

2° A 3 heures, Vêpres solennelles du Chapitre.

3° A 7 heures 1/2, Salut solennel. — Discours par un de NN. SS. les Evêques. — (Procession aux flambeaux, si on le peut). — *O Sacrum*, de Mitterer. — *Pange lingua*, de Palestrina. — *Sacris solemniis* en faux-bourdon. — Bénédiction du Très Saint-Sacrement.

4° A 10 heures, la Veille solennelle et Garde du Pardon. Elle sera faite dans cette nuit par MM. les Curés, Vicaires, Aumôniers et les Confrères du Très Saint-Sacrement de Lyon et du diocèse.

Le Vendredi.

Les offices seront aussi solennels que ceux du jeudi.

A 10 heures, Messe pontificale comme la veille. — Elle sera chantée par la maîtrise, en plain-chant grégorien, sous la direction de Dom Potier.

Les Pèlerinages de Lyon et de toutes les contrées se succèderont pendant les trois jours, depuis 6 heures du matin, dans l'intervalle des diverses cérémonies générales.

Les Pèlerins de Saint-Etienne et de la région seront heureux de remplir les interstices des exercices qui leur sont particuliers en assistant à ces splendides cérémonies, qui sont le privilège de la glorieuse Eglise de Lyon, et qui complèteront si bien leur pieux Pèlerinage.

III

AVIS DIVERS

1º Recommandation expresse aux Pèlerins de ne point chanter pendant les trajets. On est invité à réciter le chapelet ou autres prières.

2º Pour la Messe pontificale, il est délivré des cartes de tribune. Il est bon de les demander en avance en s'adressant à M. l'abbé Fonbonne, Sacristain de la Primatiale.

A la Messe pontificale du jeudi et à celle du vendredi, le chœur est réservé aux ecclésiastiques en habit de chœur. Les chanoines d'honneur prennent rang derrière l'autel avec MM. du Chapitre ; les autres mozettes dans la travée qui regarde l'autel ; les surplis dans les deux autres travées jusqu'à la table de communion.

3º On trouvera les objets pieux relatifs au Jubilé dans les librairies religieuses de Lyon et même à Saint-Etienne.

On y trouvera aussi : La Messe du vendredi en chant grégorien, tirée du graduel du Chapitre primatial de 1530, imprimée avec les chants communs et la prose.

4º A Fourvière, pendant la Sainte Messe, la quête sera faite pour l'érection de l'église.

A la Primatiale, au Salut des Pèlerins de Saint-Etienne, une nouvelle collecte leur procurera le mérite de participer par leur offrande aux splendeurs des solennités du Jubilé : ce sera l'aumône jubilaire recommandée par Son Eminence.

5º A la cérémonie de 4 heures, à la Primatiale, on ne sera admis que sur la présentation du billet de chemin de fer.

6º HEURES DES TRAINS

1ᵉʳ Train

Départ de Saint-Etienne : 4 heures du matin.
Arrivée à Lyon :   5 heures 52.

Retour de Lyon :   10 heures 05 du soir.
Arrivée à Saint-Etienne : Minuit 20 minutes.

2ᵐᵉ Train

Départ de Saint-Etienne : 4 heures 40 du matin.
Arrivée à Lyon :   6 heures 32.

Retour de Lyon :   10 heures 25 du soir.
Arrivée à Saint-Etienne : Minuit 40 minutes.

IV

CHANTS DES PÈLERINS

1"

LE FOREZ

à N.-D. de Fourvière

Salut, ô Marie,
Voici tes enfants ;
O Mère chérie,
Accueille leurs chants.

REFRAIN

Laudate, laudate, laudate, Mariam,
Laudate, laudate, laudate, Mariam.

Ou bien

Ave, ave, ave, Maria,
Ave, ave, ave, Maria.

Des bords de la Loire
Tous nous accourons ;
O Reine de gloire,
Joyeux nous chantons :

Aux chants de nos frères,
Nous venons, ardents,
Mêler nos prières,
Mêler nos accents.

Du vieux Saint-Etienne
Ardente est la foi ;
L'amour est la chaîne
Qui l'unit à toi.

Notre ville entière,
Immense atelier,
T'aime, ô tendre Mère !
Et vient te prier.

Nos mains, bonne Mère !
Sur le dur métier,
Roulent le Rosaire
En chaque foyer.

Dans nos sanctuaires
Ton nom est écrit ;
Et tes saints mystères
Chacun les redit.

O douce Marie,
Vois notre piété,
Bénis l'industrie
De notre cité.

En chaque famille,
Que l'antique foi
Se conserve et brille,
Par la sainte loi.

Jadis, ô Marie !
Au petit saint Jean
Tu portas la vie ;
Protège l'enfant.

En cette heure sombre,
La croix de ton Fils
Tiendra, sous son ombre,
L'enfance en péril.

La Sainte Chapelle,
Au vallon béni,
Expie et rappelle
Un crime maudit

Vierge, par miracle,
Tu gardas Jésus,
En son Tabernacle ;
Garde nos vertus.

Echos de Fourvière,
En chœur répétez,
Dans ce sanctuaire,
Ce cri du Forez :

Nous t'aimons sur terre,
Fais qu'un jour au ciel,
Nous chantions, ô Mère !
Cet hymne éternel :

2°

SAINT-ÉTIENNE

au Très Saint-Sacrement

O Jésus, ô divine Hostie,
Nous croyons, nous croyons en toi ;
Nous laissons blasphémer l'impie,
Nous venons chanter notre foi !

REFRAIN

Louange et gloire,
Honneur, victoire,
Au Dieu Sauveur qui triomphe en ce jour !
Transports d'ivresse,
Chants d'allégresse,
Portez jusqu'aux Cieux notre amour.

C'est pour toi que, l'âme ravie,
Le patron de notre cité,
Saint Etienne, a donné sa vie,
Sous les coups d'un peuple irrité.

Nous aussi nous bravons sans crainte
Les fureurs de l'impiété ;
Dieu caché dans la Manne sainte,
Nous t'aimons pour l'éternité.

Saint Etienne eut le beau courage
De défendre ton nom, Seigneur,
Devant un peuple plein de rage ;
Rien ne put ébranler son cœur.

Nous aussi nous voulons défendre
La gloire de ton Sacrement,
O Jésus, qui voulus descendre
Dans ce pain, pour notre aliment.

Saint Etienne, en son agonie,
Vit soudain les cieux s'entr'ouvrir,
Et toi-même, ô vision bénie !
Tu souris au jeune martyr.

O Jésus, malgré le mystère
Qui voile ton corps à nos yeux,
Souris à notre humble prière,
Souris à tes enfants joyeux.

Saint Etienne, exhalant son âme,
Pria pour le peuple en fureur.
Sa prière, comme une flamme,
Gravit le trône du Seigneur !

Nous venons, ô Jésus-Hostie,
Nous aussi, demander pardon
Pour ceux dont la colère impie
Chaque jour outrage ton nom.

Pardon pour notre chère France,
Pardon pour le peuple chrétien ;
Nous prions pour sa délivrance.
Jésus ! Jésus ! sois son soutien.

3°

Nous voulons Dieu !

Marie, ô Vierge immaculée,
Guide assuré du pèlerin,
Refuge de l'âme brisée,
Conduis nos pas dans le chemin.

REFRAIN

Bénis, ô tendre Mère,
Ce cri de notre foi :
Nous voulons Dieu, c'est notre Père, ⟩ *Bis.*
Nous voulons Dieu, c'est notre Roi. ⟩

Nous voulons Dieu ! — Ce cri de l'âme
Que nous poussons à ton autel,
Ce cri d'amour qui nous enflamme,
Par toi qu'il monte jusqu'au ciel.

Nous voulons Dieu, car les impies
Contre lui se sont soulevés,
Et dans l'excès de leurs furies,
Ils le bravent, les insensés !

Nous voulons Dieu dans nos familles,
Dans l'âme de nos chers enfants ;
Par Lui seul nos fils et nos filles
Savent honorer leurs parents.

Nous voulons Dieu dans nos écoles,
Afin qu'on enseigne à nos fils
Sa loi, ses divines paroles
Sous le regard du Crucifix.

Nous voulons Dieu ! — Sa sainte image
Doit présider aux jugements.
Nous le voulons au mariage
Comme au chevet de nos mourants.

Nous voulons Dieu dans notre armée,
Afin que nos jeunes soldats,
En défendant la France aimée,
Soient des héros dans les combats.

Nous voulons Dieu pour que l'Eglise
Puisse enseigner la vérité,
Combattre l'erreur qui divise,
Prêcher à tous la charité.

Nous voulons Dieu ! — De sa loi sainte
Jurons d'être les défenseurs,
De le servir, libres, sans crainte ;
Jusqu'à la mort à Lui nos cœurs !

Nous voulons Dieu ! — Vierge Marie,
Prête l'oreille à nos accents,
Nous t'implorons, Mère chérie,
Viens au secours de tes enfants !

Nous voulons Dieu ! — Le ciel se voile,
La tempête agite les flots.
Brille sur nous, ô blanche étoile,
Conduis au port les matelots.

Nous voulons Dieu ! — Que sa clémence
Exauce nos ardents désirs :
S'il faut du sang pour ta défense,
Seigneur, nous serons tes martyrs.

Chrétiens, notre antique alliance,
Renouons-la dans ce saint lieu,
Et crions au nom de la France :
Oui, Dieu le veut ! — Nous voulons Dieu !

4°

A la Reine de France

REFRAIN

Reine de France !
Priez pour nous ;
Notre espérance,
Venez et sauvez-nous.

Venez, Chrétiens, de l'auguste Marie,
A deux genoux implorer les faveurs ;
Et pour toucher cette Reine chérie,
Unissons tous et nos voix et nos cœurs.

Pitié pour nous, ô Vierge tutélaire,
Vois, notre esquif menace de sombrer ;
Dieu nous punit : les flots de sa colère
Montent toujours : Mère, viens nous sauver.

De nos aïeux, bénissant la mémoire,
Nous affirmons la foi des anciens jours ;
Rends-nous la paix, donne-nous la victoire,
Oui ! de ton cœur nous viendra le secours.

Quoique pécheurs, tu nous aimes encore,
Et ton doux cœur n'est pas fermé pour nous ;
Vois à tes pieds la France qui t'implore :
Taris ces pleurs, ô Mère ! exauce-nous.

Mère de Dieu, tu veux que l'on te prie,
A ta pitié nous avons tous recours ;
Tu veux qu'on t'aime, ô clémente Marie !
Nous t'aimerons, nous t'aimerons toujours.

Je sens mon cœur renaître à l'espérance,
Bonne Marie, en invoquant ton nom :
Oui tu viendras, tu sauveras la France ;
Et de Jésus nous aurons le pardon.

5°

Magnificat

Après chaque verset le *refrain* suivant :
Vierge notre espérance
Etends sur nous ton bras ;
Sauve, sauve la France,
Ne l'abandonne pas !
Magnificat * anima mea Dominum, etc.

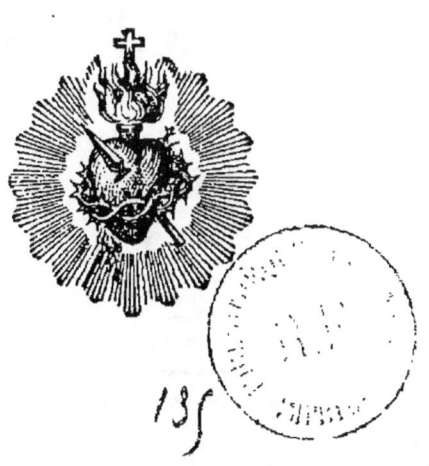

St-Etienne — Forestier

Imp. Forestier, r. de la Bourse, 2, St-Etienne